詩集

抱きしめる

播磨カナコ
Harima Kanako

竹林館

詩集　抱きしめる　目次

chapter 3

epilogue

写真　著者

抱きしめる

prologue

眠れぬ夜に

息をすう
息をはく
ふかぶか
ふかぶか

見えてくるのは
山のなか
杉やとうひは
しんしんと

とがって空をおおいます
かすかに水音きこえます

木の根にひとり座るのは
あれはきっと
わたしでしょう
ごぜんたちばな赤い実が
わたしの指先てらします
どこかの洞ではひかりごけ
おおあ光っているでしょか

木のまをこぼれる
これは　雪

ほっぺに　ひとつ　とまります
くちびる　ひとつ　とまります
音符のにおいがいたします
わたしは歌でもうたうでしょう
小さな声でうたうでしょう

そこへさわさわ風がたち
風もいっしょにうたうでしょう
子守唄ならいいけれど
ガラスのかけらであるように
さらさらわたしを
吹き飛ばし
いずれわたしは無くなって

そこには木の根のあるばかり
ごぜんたちばな赤い実に
雪がひとひらとまります

息をすう
息をはく
ふかぷか
ふかぷか
消えたわたしは
息ばかり
ふかぷか
ふかぷか
息ばかり

chapter 1

抱きしめる

いまごろきっと
虫がすだいている
そうおもった淡い都会の夕暮れ
前から
人目もはばからず
泣きながら
女のひとが歩いてくる
すれちがおうというとき

涙のつまった目を
ぼんやり
わたしに向けたとたん
ぶつかるように
わたしに抱きついた

ななが・・・
ななが・・・
女のひとはいった

わたしは
ただ唖然と棒立ちになった
そのひとは

なみだ目をしばたかせると
わたしを見てちょっとのま泣きやんだ
　ごめんなさい
そういうと
するりとわたしをほどいて
また泣きながら
いってしまった

わたしは
かたくなに前をみて
家へといそいだ
かけこんだ家のなかで
だんごむしのように

まるまった
あのひとの
重量感と温度
失うまいとまるまった

そうしながら
なな、というのは
ひとの名前なのか
イヌの名前なのか
ネコの名前なのかと考えた

このせつな
きっとどこかで

虫がすだいている
さびしい勢いで
夜を埋め尽くそうとすだいている

あのひとがわたしだったとして
なんの不思議があろうか

こんどこそ
あのひとをだきしめる
だきしめる

お届け物

大きな三日月沈みます
ほらほらビルにかかってる
あなたのお好きなものはなんですか？
月がかかったそのビルで
あなたは　何のもの思い？
暗い冷たいそのお顔
あんなに月が寄り添って
あなたのそばに来ています

ほらほらあなたのビルですよ
あなたの窓辺に月が来て
きれいな三日月照ってます

ビルのあなたは知らないの？
こんなすてきなひとときを
だれが贈ってくれるのか
ときどき　よいもの届きます
だけどあなたは気づかない

あなたのお好きなものはなんですか？
ときどき　よいもの届きます

ポチポチ

ポチポチポチポチポチ春の雨
さくらにポチポチ

桃にポチポチ
レンギョウにポチポチ
わたしにポチポチ
うわっと涌き出た
きみどりさみどり
小さな草にも
ポチポチポチポチ春の雨
わたしにあなたに春の雨
心の種はなに色葉っぱ
からだの中がくすぐったい

わたしは波になりました

わたしは波になりました
寄せては返し
寄せては返す
わたしは波になりました

寄せては陸へとあがるのか
思う間もなく
とりかえし
海の底へとよろめいて
どうなるわけでも

それはなく
いったりきたりのくりかえし

そんなわたしに
意味はありますか
あなたは何をきくのです?
波のわたしに
どんな作法を教えます?

寄せては返し
寄せては返す
ただそれだけがわたしです
わたしは波になりました

芙蓉

あなたの声がしたので
振り返ったのです

あなたの声ははっきり聞きましたのに
言葉はわからず
そこにはただ
白い芙蓉が揺れているばかりです
あなたはもうこの世にいないと

わかっていながら
わたしはあなたの声を
きいてしまうのです
ゆらゆらゆらゆら

あなたの声のほうには
ゆらゆら
芙蓉が揺れるばかりで

ゆらゆら

あら　わたしも揺らされて
ゆらゆら

ゆらゆら
果てのないというは
こういう気持ちかしらんと
ゆらゆら
ゆらゆら
揺れていきます

とつぜん　わたしは
首を伸ばして
わたしを見つめるわたしを見たのでした

そうです

わたしは芙蓉になっていたのです
白い花びらの
こそばいような揺らぎ
つき出すしべにわき上がるちから
芙蓉はこんなにもわくわくと
咲いているのです

それにしても
なんという静けさでしょう
なんという豊かさでしょう

ああ

わたしの口から
ため息がもれたとき
わたしはもとのわたしで
揺れる芙蓉を見つめておりました

耳にはまだあなたの声の響きが
かすかに残ってはおりますが
たぶん　わたしは微笑んでいるのでしょう

だってほんのさっき
わたしは芙蓉になっていたのです
わくわくと明るく
なにかに満たされて

この白い
芙蓉になっていたのです

わたしは胸をおさえました
ぞくぞくと晴れやかで
なつかしい気持ちがあふれています
そのとき
あなたの言葉はわからずに
はっきりと
あなたの声を了解したのでした

「いつもいるよ」

三日月のように眠る

明かりの加減を変えると
わたしの部屋もステキになる
柔らかな影があちこちに散らばり
わたしの影も静かに寄り添う

わたしが伝えたかったことは
そうではなくて、と
わたしは今日をふりかえる

あなたは優しい声で
ふんわり絶望をラッピングして
わたしの手に
さりげなく置いた

あれは絶望じゃなかったのかもしれない
どうしようもない
たぶん、それだ

静かな自分の影に包まれて
わたしは三日月のように
ただ今日を眠りゆく

もしも

わたしが死んだとして
それがなんであろうか
生きるように生きて
ただ死んでいった
それだけ
さきほどまで降っていた雨が
やんだようなもの
木の葉が風にさらわれた
そんなちょっとした移ろい

だからもしも死んでも
あなたがわたしにくれた
たくさんの笑顔のように
わたしはなにかに変わって
どこかで笑っている
あのひとが笑っているように
あのひとも笑っているように

わたしの名言

何かを読むと
そこにはいつも名言がある
わたしは「ほお！」と
感嘆のため息をもらす
名言は樹齢何百年もの木のように
わたしの前にそそり立つ

わたしも一つ名言を持ちたいものだ

そこでわたしは名言の森をさまよい始めた

どの木もじつに立派だ
名言の森は果てしなく
高らかに緑をつきあげる

あちらを見上げこちらを見上げ
わたしはさまよいさまよい
訪ね歩く

そうしてわたしは倒れていた
名言の森で
わたしは行き倒れた

名言を持たぬまま

わたしはこの森で
白骨化するのだろうか
わたしはどんよりした意識のなかで
なんとか薄目をあけた
名言の木の根元に
うっすらと明るいものがみえている
あれは？

わたしはついに巡り会えたのだ

「花」

移ろい

あの人は移ろっていった
生から死へと
移ろっていった
四季の移ろいのように
あの人にまた芽吹きがあるのだろうか
それとも
もうそこにはなにもないのか

北風が舞う坂道
木の葉が一枚舞い落ちる
ゆるゆると拾い上げれば
枯れ枝には氷のような光がさんざめく
わたしはわたしの移ろいを想ってみた

あなたの移ろいは
こんなにさびしいのに
自分の移ろいには
さびしさになにかが混じる
しゅるしゅると湯気のようなもの
楽しみ?
絵本をめくるような

移ろいのあとの
今は見えないページ？

吹いてくる風に
手のひらの枯れ葉を飛ばせると
わたしはのろのろ坂道をあがる
さびしい
あなたの移ろいはさびしい

応援するのはわたしだけ

今はもう
応援するのはわたしだけ

水面はキラキラ光ってる
空には雲がたなびいて
風も少しはあるような
お花はなにが辛かろう
木々はなにが辛かろう

この日この時
なんとかかんとか

生きのばし
ぼんやりのったり
笑えることだけ少しだけ
好きなことだけ少しだけ
楽しいことだけ少しだけ
時の流れの綾織りに
すっかりくるまれ
目を閉じる

今はもう
応援するのはわたしだけ

わたしが良ければ
すべてよし

chapter 2

溺れる

あんなところで
溺れるとは思わなかった
真夏の光はぎらぎらと照り返し
打ち水のあともすぐさま消えゆくなか
その黒いアスファルトに撒かれた水は
いっそう黒々と照り返し
光の漆黒を作り出していた
黒がこんなにも
眩しいと

目を細めた瞬間だった
わたしは黒いアスファルトに
溺れていた

流れゆく車やビルは消え
喧騒も途絶えた
わたしは漆黒の中を
くるくるくるくる落ちていった
静けさに
耳の奥が凍りついた
そっと目を開いたが
なにも見えなかった

ここは深海？
冷たいし真っ暗
かすかな波動が頬に伝わる
何かが動いている？

ここではどうやら目は役たたずだ
わたしも目のない生き物になって
暗闇に這い出す
感覚のままに
そろりそろり進む
眉毛がまつげがくすぐったい
まつげの一本が毛先を伸ばす
「前方、なにもなし」

急になぜ？
笑いがこみあげた
見る必要がないというのは
こんなにも心地いい
ぞわり
ぞわり
感じる感じる
安穏としたものたちが
そこにもあそこにもいる
漆黒の闇の中で
ふふふと笑っている
わたしもやっぱり笑えてくる

信号が青だ
いつの間にかわたしは地上にいて
黒光りするアスファルトを越えていた
あっというまに風景がひろがり
喧騒に飲み込まれた

わたしの瞳は
見ているけど
もう見てはいなかった
頬に風が吹いていった
わたしはすっぽり満たされていた

ゆめ

ぬめぬめとよるがくるむこうの
ほんのちいさなあな
ちかりまたたくのは
ゆめのたねか

こっそりよるにまぎれこみ
こうしてこんやもやってきた
だけどようじんようじんだ
ゆめはときにはよるをこえ

らせんくるくるどすぐろく
わたしのあたまにうえつけて
そっとばくだんしかけゆく

さてさてさてさてよるがくる
わたしはわたしはもうねむい

薔薇

薔薇、抱いたこと
ある？
あなた、薔薇を抱いたことあるの？

昼下がりの薔薇園
ピンクの薔薇が五、六輪
重たそうに首をゆらしながら
わたしを見ていた

なんてきれいなのかしら
うっとりと微笑むわたしに

一輪のバラが密やかに冷たい声をだす
あなた、薔薇を抱いたことあるの？

わたしは息をつめて
バラに歩み寄った

生い茂る薔薇の枝を
花を
抱いてみた
薔薇のとげは

わたしの腕を
わたしの頬を
引っ掻いた

ふいにわたしは涙があふれた
薔薇の香りのなかで
抱かれていたのはわたしだった

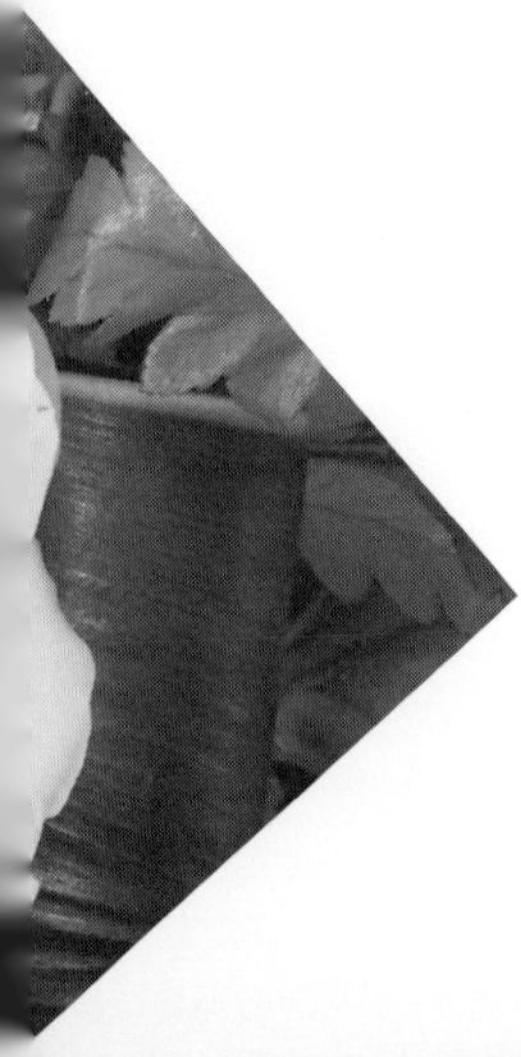

調和

信号待ちの交差点
マンホールのフタの上
男の人が立っていた
きっちりと丸の中

わたしは驚いた
マンホールのフタと男の人は
すっかりと調和して一つになっていた
見事だ

やがて信号はかわり
男の人はフタから一歩を踏み出した
わたしはあやうく声を上げそうになった

忘れものです
忘れものです

あの見事な調和は一体何だったのだろう

人とモノはあんなにも整えられるのか
あのときモノはモノだったのだろうか
あのとき人は人だったのだろうか

知らずして
わたしもモノになっているときがあるのだろうか
そのとき
わたしは何が見えているのだろう

遠くにあるもの

遠くにあるものは
近くにある

一枚の枯れ葉が
風に吹かれていったとき
わたしの耳元に
そっと
つぶやいた

わたしは
吹かれる葉っぱを
おいかけた
葉っぱは
紅葉していて
美しかった
赤や黄色をひるがえし
くるりくるりと踊っていた

わたしも踊っていいですか？
秋の夕暮れ
しずしず草木は目を閉じる

うす青色に染まるころ
わたしも踊っていいですか？

遠くにあるものは
近くにある
そうつぶやいた
枯れ葉と
わたしも踊っていいですか？

ヒヤシンス

まったくもって
つげの植え込みのなかに
ヒヤシンスが一本
折れて倒れて
花を咲かせていた

満開の花はまっ白で
歯を剥いているように
花びらをそらしていた

ぜんたい
どうしてこんなところに
ヒヤシンスが咲いているのか
まあまあそれは
ヒヤシンスに言ってもせんのないこと
ヒヤシンスはどこであれ
花を咲かせたくて
うずうずと
つげの合間から
芽をだしたのだろうから

おやや

花をつけたとたん
誰ぞがヒヤシンスを見つけたのか
そうして誰ぞは
ヒヤシンスを抜こうとしたのか
おおそれでそれで
ヒヤシンスは白い花を剥いて
抜かれまいとしたのだな

ヒヤシンスは倒れながら
満開だ

ほんとうに満開だ

えっへん

角を曲がったところに
空き地があって
そこには
びっしりとエノコログサがはえている
秋の気配の風にゆられて
穂はふかふかとゆれていた
穂のあいだから
小さな銀色の光が飛び出し
こんなところからも

光は生まれるのだと
見ても見ても見飽きずに
わたしは
まいにちまいにちエノコログサをながめていたら

へんな人と
レッテルをはられてしまった
へん　へん　へん
えっへん
わたしは王さまにもなった気分で
エノコログサがはき出す
銀の光に見とれてた

けれどある日
エノコログサはすっかりなくなり
そこに家が建ちはじめた
あのエノコログサはどこに行ったのだろうと
わたしも旅にでる

ゆるゆる走る列車に乗って
わたしはずいぶん北に来たのだろう
ここでは杉やヒバの
細い葉から淡い光がちかりちかりと生まれたけれど
わたしのいるところまでは降りてはこずに
消えていった
わたしはエノコログサがなつかしかった

ほわほわ舞い上がる銀の光が
なつかしかった

その夜
見上げる空には月がまあるくあがり
星たちもきらめいていた
ざわりと風が吹いたかとおもうと
どこからか
エノコログサの吐いた
こそばいような光が
わたしの髪にふりかかり
わたしを
えっへん

王さまのように煌めかすと
金色に染まりながら
くねくね泳ぐように月へと登っていった

えっへん
わたしは仁王立ちになって
空をながめた

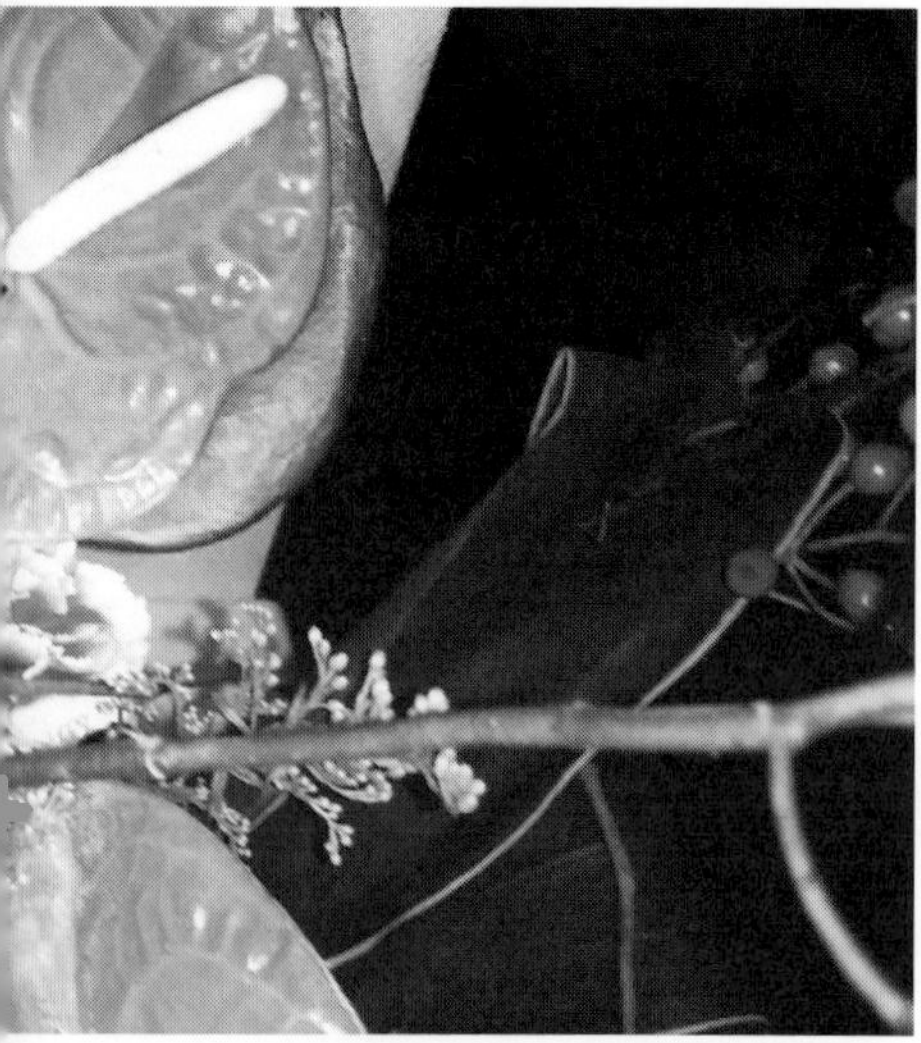

目

生まれて間もない赤ちゃんの瞳の
まるで穴のような深み　静けさ
見飽きずながめていると
ふいに一つの言葉が立ちのぼった

末期の目

それがどんなものかと
夢想したことがあったけど・・・
いま赤ちゃんの瞳は

何を映しているのか
わたしはいっそう
赤ちゃんの瞳をのぞきこむ

ひょっとして
この瞳こそが末期の目？

そのときがくれば
わたしはまた
こんな瞳を持つことができる？
穴のように深くて静かで
なにも思わない目

末後の目

ちょんちょん

ある夜
真っ黒がやってきた
そうしてわたしをすっぽりと包みこんだ
わたしは陰気な気分になり
しくしく泣いた
しくしく泣いてみたものの
自分がいやだと思ってみたものの
ちいさくなにかが
わたしを突く

ちょんちょんちょん

今の気分はどんなふう?
ちょんちょんが聞いてくる
まっくろ
そっけなく答える
どんな黒?
?????
黒といったら黒じゃないの
薄い黒とか濃い黒とか
そんなの聞いたことがない
わたしは目を大きくあけて
真っ黒をみる

やっぱり黒としかいいようがない
と思った瞬間
真っ黒は行ってしまった

あれれ？

きょとんとしたら
もうちょんちょんもいなくなっていた

蝉と月と

「もう、蝉の抜け殻？」
と思ったものは
蝉の幼虫の死骸で
土のなかでずいぶん暮らしただろうに
初夏まだ早いこんな季節に
「どうして？」

見上げる空に
ぎぼしの花の

淡い紫色した月が
明るい夕方の空に浮かんでいた
ふいに
おこったようなすねたような
横顔が頭をかすめた
とたんに涙があふれだした

いとおしい

言葉にしたら
そう　いとおしい
そんな気持ちがあふれでた
今わたしは　いとおしい

それは幼虫の死骸になのか
あの透き通る月になのか
それとも
おこった横顔になのか

わたしは涙目で
蝉をみて月をみて
頭をよぎった横顔を思い出す
たぶんいとおしいのは
横顔のあなた

こんな道の真ん中で
こんなにも

あなたがいとおしくなるなんて
わたしは涙目で
わらう
あの月くらいのはかなさで
幼虫の死骸の軽さで
困ったようにわたしはわらう

そしてわたしは
今　あなたがいとおしい

今日も

今日も一日生きました
空には三日月出ています
悲しいこともありました
笑えることもありました

わたしの小さな胸のうち
さざ波たったり
淀んだり

終ってしまえば
可もなく不可なく

頬づえついて目を閉じて
一人芝居の幕下ろす

今日も一日生きました
空には星もひかります

chapter 3

石

その家の玄関わき
こんもりと
森をおもわす石があって
光のかげんで
石の緑は陰ったり明るかったり
つやつやと色めく
石のことは知らないので
それがなんというものなのか
わからぬままに

それにしても
さわりたくなるような石で
見るごと見るごと
さわりたいおもいは
つのっていくものの
心のすみに
石には
ふれてはいけない
なにかがあると
いけない
いけない
とおもうほどに
また

さわりたく
さわりたく
いやいや
石にはなにかが
ひそむ
あれはうかつにはできない石だと
ささやかれ
さわりたしと見つつ
行き過ぎ
また石へとかえり
さわりたし

あじさいここかしこに

球をなして咲く
梅雨晴れのひと日
どうにもたまらず
石に手を触れる

石あたたかく
石を撫でれば
すべすべと
手なめらかに
石にすべる

それだけ

それだけだった

ふっと笑うのは
わたしか風か
あじさいが
大きな花を揺らしてる

六月の雨

六月雨の日
傘打つ雨音はさんざめき
路上には果てしのない
輪の明滅
わ、わ、わ
広がり消える
かすかにくちなしの花も
薫りくる

こんな日はきっと秘密が生まれる

青白い
薄氷のきらめき
長いまつげの　目くばせのような
なにがしの秘密

それは見えるようで見えない
生きることの秘密
雨の夢幻に打たれながら
どこか大きな輪のなかに
わたしの彷徨が始まってゆく

誰もの生が持っている
単純であまりに小さくて大きな
秘密のなかにひっそりと
わたしは漂いだしてゆく

どこに？

わたしの死は
今どこにいるのだろう

初夏の風がけやきのてっぺんをそよがせたとき
わたしは歩みをとめた
公園横の細道は向こうまで端正に続いている

道の向こうに
わたしの死が

今、現れたとして
それはわたしを捕まえるのだろうか
それともニヤリと笑い
すれ違っていくのだろうか
わたしは小道でひんやりと佇み
思ってみるのだ

わたしの死は
今どこにいるのだろう

三月

電話の音が聞こえた

はい。

と、わたしは答えたが
それはただの幻聴で
わたしは
机に頬杖をついていただけだった

だけど確かに
何かとつながった

そう、三月
ここにいるのは三月で
生と死をかき混ぜて
なにやら香りを放っている

いったい何とつながったのか
生なのか死なのか

指先に
みえないものが揺らめいて
みえないままに
立ち昇っていった

しぼむ

気持ちは急にしぼんだ
なにげないひと言
だれも気づいていないけど
わたしはひゅるっと
しぼんでしまった

冬枯れのゆうまぐれ
しぼんだわたしはどこに行く？
風に吹かれてアスファルト
地面にひっそり貼り付こう
薄い氷になればいい
窓からもれでるその灯り
じぶんに映してやるせなく
ほんのり光ってみせましよう
しんしん闇に包まれて
かぼそく光ってみせましょう

小鳥のいない日

秋のあさがおがピリリ、ピリリと
震える坂道を登ったところには
イチョウの木が一本あって
まだ色づかないイチョウの葉っぱは
羽を休める蝶のように
静かだった
そこには家もあったろう
そこには人もいただろうに
わたしは

あさがおとイチョウしか
見えなかった

その夜
ほんのまばたきのあいだに
坂のうえのイチョウの葉っぱは
蝶になっていっせいにとびだした
緑の蝶は明るく光って
夜空に銀河のように流れ出した
ゆるゆる坂をくだり
すっかり眠ってしまったあさがおを
たちまちに開かせて
ラッパのように吹き鳴らした

その音はまったくの静寂で
あまねく空に鳴り響いた
聞こえない音色にわたしは
あまりにうっとりとした
自分が音色になったように
うっとりした

ある日
小鳥が死んで
わたしは悲しかった
あさがおはまだ咲いていて
イチョウは坂のうえで
静かにたっていたのに

わたしはなにも見えなかった
わたしは悲しいだけだった
そのとき
ひらりと青いイチョウが落ちてきた

キラリ

わたしの胸のなかに
小鳥のかわいい目が
星のようにまたたいた

おまえを胸のなかに
この坂を登ろう

悲しまないで嘆かないで
ひとあしひとあし
かわいいおまえの瞳をかんじながら
ピリリとかぼそく震える
あさがおを見よう
しずかなしずかな
イチョウを見よう

きっとまたイチョウは蝶になり
あさがおはラッパになる
そしてわたしはおまえと
うっとりと
その音楽を聴くだろう

「る」

わたしがわたしで
いないとき
聞こえる音は

「る」

わたしがわたしで
いるとき
聞こえる音は

あいうえかきくけ
底がない

まいにちまいにち
やかましい
頭をめぐらし
目をこらし
心のなかは音の飽和
わたしはなんだかくたびれて
「しっ！」と
くちびる尖らせる
それでも心はおしゃべりだ

カサリ
枯れ葉がたてるかすかな音《ね》
その音拾えば
わたしも静か

わたしがわたしで
いないとき

「る」

知らないわたし

まだ冷たい二月
光は宝石のようにきらめき
影はくっきりと物の形を描いた
家やビルや草木
なんという明暗！
そのとき

わたしは

わたしは　笑っていた
わたしのなかの
わたしの知らない［自然］が
光と影の揺らめきに呼応して
わたしは知らず笑っていた

わたしはなんと不思議であろう
わたしはなんと知らないものを
持っているのだろう
わたしは立ち止まり
街路樹のよこに並んでみた
わたしの知らないわたしは
すっくりと街路樹と重なっていた

くちなしの夕暮れ

くちなしの香る夕暮れ
どうしても歩みは遅くなる
くちなしの香りに包まれ包まれ
夕暮れに溶けこんでゆけたならと
いよいよ歩みは遅く
遅く

ふと
指先に落ちてきたのは

〈ひっそり〉
という言葉で

みあげれば
浮かぶ雲の端は
みな赤く輝いて豊かに広がり
すじ雲はとうとうと伸び
手にした〈ひっそり〉とはまるで反対で
わたしはついに歩むことを忘れ
くちなしの香る夕暮れにたたずむ

まるで
じぶんの名を忘れたように

まるで
じぶんを忘れたように
ひっそりと
ひっそりと
ただたたずんでいる

不思議刻

ぴちっ　ぴちっ　ぴちっ

水の中の水の音
聞こえるはずのない音が
わたしの中に落ちてくる
ぴちっ　ぴちっ　ぴちっ

窓の下では影ぼうし

暗いランタン手に持って
わたしを迎えにきています

ランタン照らすその道の
景色は溶けて波のよう
ゆうらりゆうらりゆらめいて
わたしも溶けてなにもない

ぴちっ　ぴちっ　ぴちっ

聞こえるはずのない音は
ちいさなちいさな泡となり
わたしのいないこの場所で

点滅するように弾けゆく

ぴちっ　ぴちっ　ぴちっ

こんな夜更けの空の下
わたしはあふれだしている
わたしはあふれだしている

epilogue

あたらしい

わたしは
やっと
わたしに
やさしくなれた

わたしはまるで
雲のよう

いくども
生まれて
あたらしい

あとがき

わたしが詩を書き始めたのは、小学校の四年生か五年生のころで、たぶん国語で習ったことがきっかけだったと思われます。

わたしが大人になったあるとき、母がわたしに「これ」と渡したものがあります。それはなんと、小学校六年生の冬休みの宿題に提出した詩でした。両親はそのころスキーにはまっていて、家族で雪を求めつつ、大阪から下呂、御嶽山への旅を詩で綴ったものでした。

　母がこれを大事にとっておいた気持ちを聞かずにいたので、類推するしかないのですが、親のことは詩には出てはこないものの、やはり共有する思い出だったからかもしれません。

　今読んでも、そのときのことが彷彿として、よく残してくれたものだとうれしい気持ちです。

そうしてずっと、詩はわたしとともにありました。

ただ詩は心の中に流れてくるものの、それを残さない時期もたくさんありました。

それが親友を失って、再びわたしは自分の詩を手元に残そうと「伽羅」の同人となり、詩を発表する場を得ました。

そして十年。ここに詩集として纏めることができました。この詩集はわたしへのプレゼントとしたいと思います。

この詩集の出版にあたって、背中を押してくださった吉田定一先生、中島和子先生、このプレゼントをステキにしてくださった左子真由美さんに感謝します。

最後にいつも大笑いで応援してくれる芳枝ちゃん、佳英ちゃん、ありがとう！

令和元年十一月

播磨カナコ

播磨 カナコ（はりま かなこ）

1952年12月大阪に生まれる
大阪樟蔭女子大学卒業
「伽羅」同人
関西詩人協会会員

詩集　抱きしめる

2019年11月20日　第1刷発行
著　者　播磨カナコ
発行人　左子真由美
発行所　㈱竹林館
〒530-0044　大阪市北区東天満2-9-4　千代田ビル東館7階FG
Tel　06-4801-6111　Fax　06-4801-6112
郵便振替　00980-9-44593　URL http://www.chikurinkan.co.jp
印刷・製本　モリモト印刷株式会社
〒162-0813 東京都新宿区東五軒町3-19

ISBN978-4-86000-422-4　C0092
定価はカバーに表示しています。落丁・乱丁はお取り替えいたします。